STAR WARS™

EPISODE VI

RÜCKKEHR DER JEDI-RITTER

VON

GEORGE LUCAS

DREHBUCH VON

LAWRENCE KASDAN

UND

GEORGE LUCAS

HAMBURG • LOND… …OKYO

Ein TOKYOPOP® Cine-Manga®

TOKYOPOP GmbH
Bahrenfelder Chaussee 49, Haus B
22761 Hamburg

TOKYOPOP
1. Auflage, 2005
Deutsche Ausgabe/German Edition

Aus dem Englischen von G-Force

Star Wars: Die Rückkehr der Jedi-Ritter

Redaktion: Michael Schweitzer
Lettering: Monalisa de Asis
Herstellung: Stefan Haupt
Printed in China

ISBN: 3-86580-836-0

www.tokyopop.de
www.starwars.com

DARTH VADER: LORD DER SITH
LUKE SKYWALKER: EIN JEDI-RITTER IN DER AUSBILDUNG.
HAN SOLO: SCHMUGGLER
CHEWBACCA: EIN WOOKIEE. HAN SOLOS PARTNER
LEIA ORGANA: PRINZESSIN UND ANFÜHRERIN DER REBELLEN
CE-DREIPEO (C-3PO): PROTOKOLLDROIDE
ERZWO-DEZWO (R2-D2): ASTROMECHDROIDE UND CE-DREIPEOS BEGLEITER
YODA: JEDI-MEISTER

Vor langer Zeit in einer weit,
weit entfernten Galaxis...

Luke Skywalker ist auf
seinen Heimatplaneten Tatooine
zurückgekehrt, um seinen Freund
Han Solo aus den Klauen des üblen
Gangsters Jabba the Hutt zu befreien.

Luke ahnt nicht, dass das GALAKTISCHE
IMPERIUM im Geheimen mit dem Bau
einer neuen, bewaffneten Raumstation
begonnen hat – tödlicher noch, als der
gefürchtete erste Todesstern.

Mit dieser absoluten Waffe naht
das sichere Ende für die kleine Schar
von Rebellen und ihren Kampf, der
Galaxis die Freiheit wiederzugeben....

Ich bin hier, um dafür zu sorgen, dass der Bau dieses Todessterns wie geplant abgeschlossen wird.
Der Imperator verlangt Unmögliches. Dazu brauche ich mehr Männer.
Dann können Sie ihm das vielleicht persönlich sagen, wenn er hier ankommt.
Der Imperator kommt hierher? Wir verdoppeln unsere Bemühungen.
Das will ich hoffen, Commander, um Ihretwillen.

LICHTJAHRE ENTFERNT AUF DEM PLANETEN TATOOINE...
NATÜRLICH MACHE ICH MIR SORGEN. UND DU SOLLTEST DIR AUCH WELCHE MACHEN. LANDO CALRISSIAN UND DER ARME CHEWBACCA SIND AUS DIESER BURG NIE WIEDER RAUSGEKOMMEN.
DOO WOO DIT BIP BIP.
DA WÄR ICH MIR GAR NICHT SO SICHER. WENN ICH DIR NUR DIE HÄLFTE DESSEN ERZÄHLEN WÜRDE, WAS MIR ÜBER JABBA ALLES ZU OHREN GEKOMMEN IST, WÜRDEST DU WAHRSCHEINLICH AUF DER STELLE EINEN KURZSCHLUSS KRIEGEN.
BALD DARAUF IN JABBAS DUNKLEM PALAST...
DIE BOTSCHAFT, ERZWO, NA LOS, DIE BOTSCHAFT!
Seid gegrüßt, erhabener Jabba. Ich bin Luke Skywalker, Jedi-Ritter und ein Freund von Captain Solo. Daher ersuche ich Euch um eine Audienz. Es geht mir um Solos Leben.
Als Zeichen meines guten Willens habe ich ein Geschenk für Euch: diese beiden Droiden hier. Beide sind sehr zuverlässig. Ihr werdet zufrieden sein.

DAS DARF DOCH NICHT WAHR SEIN! ERZWO, DU HAST DIE FALSCHE BOTSCHAFT ABGESPIELT.
<Ich lasse nicht mit mir feilschen.>
<Meine Lieblingsdekoration gebe ich nicht wieder her. Captain Solo gefällt mir dort am besten, wo er jetzt ist.>
Erzwo, da drüben! Captain Solo! Er ist immer noch in Karbonit gefroren!
DIE DROIDEN WERDEN GETRENNT UND CE-DREIPEO WIRD JABBAS ÜBERSETZER...
... WOBEI SEIN ERSTER AUFTRAG ZU EINEM UNERWARTETEN WIEDERSEHEN FÜHRT...

OH NEIN! CHEWBACCA!
Ich will das Kopfgeld für diesen Wookiee.
Upong chananeekwa oweetong fünfunddreißig tirti teemon ki.
DER ERLAUCHTE JABBA BIETET DIR 35.000. UND ICH WÜRDE DIR RATEN, DIESES ANGEBOT ANZUNEHMEN.
Ya tohh chah.
ER IST EINVERSTANDEN.
ALS CHEWBACCA IN KETTEN ABGEFÜHRT WIRD, BEOBACHTET DIES EIN WEITERES BEKANNTES GESICHT, VERBORGEN UNTER DEM HELM EINES WÄCHTERS.
8

SPÄTER KEHRT DER KOPFGELDJÄGER ZURÜCK IN JABBAS AUDIENZSAAL...
... UND AKTIVIERT DIE KONTROLLANZEIGEN VON SOLOS KARBONITGEFÄNGNIS.
Ruh dich einen Moment aus. Du bist aus dem Karbonit befreit.
Ich kann nichts sehen.
Schhh. Du leidest noch an den Nachwirkungen deines langen Winterschlafs. Du wirst sehr bald wieder richtig sehen können.

Wo bin ich?
In Jabbas Palast.
Und wer bist du?
Jemand, der dich liebt.
Leia!
Ich hol dich jetzt hier raus.
Ho ho ho ho...
Ich kenne dieses Lachen.
Hör zu, Jabba, wie ich dir gerade dein Geld bringen wollte, wurde ich leider aufgehalten.
<Dafür ist es jetzt zu spät, Solo. Führt ihn ab... Und bringt sie zu mir.>

Wir haben mächtige Freunde. Das wird dir noch Leid tun.
<Das werden wir ja sehen.>
IM TIEFSTEN INNEREN VON JABBAS PALAST WIRD HAN IN CHEWBACCAS ZELLE GEWORFEN.
Rahrr!
Chewie? Bist du das?
Ruhrr whar rurah rff!
Luke? Luke ist irre. Der kann ja nicht mal auf sich selbst aufpassen, wie will er da jemand anders retten?
Rarr ruh rffr ruhh!
Er ist jetzt ein Jedi-Ritter? Ha! Kaum bin ich 'ne Weile außer Gefecht, da werden plötzlich alle größenwahnsinnig.

SPÄTER IN JABBAS AUDIENZSAAL...
Du wirst mir jetzt Captain Solo und den Wookiee bringen lassen.
<Mit solchen Tricks erreichst du nichts bei mir, Junge.>
Wie dem auch sei, ich nehme jetzt Captain Solo und seine Freunde mit.
Widersetzt du dich, wird das dein Untergang sein. Du hast die Wahl. Aber ich warne dich, unterschätze niemals meine Kräfte.
<Ich lasse nicht mit mir feilschen, junger Jedi. Es wird mir ein Vergnügen sein, dich sterben zu sehen.>
PER KNOPFDRUCK ÖFFNET JABBA DEN BODEN UNTER LUKE UND EINER UNGLÜCKLICHEN WACHE UND BEIDE FALLEN IN EINE GRUBE.
GRAHHH!
NACHDEM SIE DIE WACHE SCHNELL VERZEHRT HAT, WENDET SICH DIE KREATUR IN DER GRUBE IHREM NÄCHSTEN OPFER ZU...

GRAHHH!
RORAAH--
SCHNELL ÜBERLEGT LUKE UND LÄSST EIN SCHWERES TOR AUF DEN SCHÄDEL DER KREATUR HERUNTERKRACHEN.
--AHRRR!!
IM OBEREN STOCKWERK...
<Bringt mir Solo und den Wookiee. Sie alle werden mir diese schändliche Tat teuer bezahlen.>
BALD DRAUF, WIEDER IN JABBAS AUDIENZSAAL...
OH JE. JABBA HAT BESCHLOSSEN, DASS IHR JETZT ZUM SANDMEER GEBRACHT UND DORT IN DEN SCHLUND DES MÄCHTIGEN SARLACC GEWORFEN WERDET.
IN SEINEM LEIB WERDET IHR QUALEN ERLEIDEN, WÄHREND IHR TAUSEND JAHRE LANG ALLMÄHLICH VERDAUT WERDET.
Das wollen wir doch lieber lassen, hä?
Du hättest verhandeln sollen, Jabba. Das ist der letzte Fehler deines Lebens!

KURZ DARAUF SCHWEBT JABBAS SEGELGLEITER ESKORTIERT VON ZWEI SKIFFS ÜBER DIE WÜSTENOBERFLÄCHE.
Ich glaube, meine Augen werden wieder besser. Anstelle von dunklen Flächen sehe ich plötzlich helle Flächen.
Halte du dich nur an Chewie und Lando. Ich hab alles genau geplant.
So? Großartig!
INNERHALB JABBAS SEGELGLEITERS LÄUFT CE-DREIPEO WORTWÖRTLICH IN ERZWO-DEZWO.
ERZWO! DIE WERDEN MASTER LUKE EXEKUTIEREN UND UNS VIELLEICHT AUCH, WENN WIR NICHT ÄUSSERST VORSICHTIG SIND!
DIT BEEDLE BOOP!
ICH WÜNSCHTE, ICH HÄTTE DEIN VERTRAUEN IN DIE ZUKUNFT.
BALD DARAUF ÜBER DEM SCHLUND DES SARLACC...
OPFER DES ALLMÄCHTIGEN SARLACC! SOLLTE EINER VON EUCH UM GNADE BITTEN WOLLEN...
... IST DER GROSSE JABBA JETZT GENEIGT, SICH ANZUHÖREN, WAS IHR VORZUBRINGEN HABT.

Dreipeo, du kannst diesem schleimigen, wurmzerfressenen Molch sagen...
... kein Einziger von uns winselt um Gnade, richtig?
Rruff!
Jabba, das ist deine allerletzte Chance. Befrei uns oder stirb.
<Werft ihn rein!>
LUKE DREHT SICH, ALS ER FÄLLT...
... UND ERGREIFT DAS ENDE DER PLANKE...

... UND BENUTZT SIE ALS SPRUNGBRETT, UM SICH SELBST ÜBER DIE WACHE ZU SCHLEUDERN...
... GENAU ZUM RICHTIGEN ZEITPUNKT, UM DAS VON ERZWO-DEWZO GEWORFENE LICHTSCHWERT ZU FANGEN!
LUKE UND LANDO GEHEN BLITZSCHNELL ZUM ANGRIFF ÜBER...
... UND SCHICKEN EINE WACHE NACH DER ANDEREN IN DEN RACHEN DES SARLACC!
INZWISCHEN GEHEN DER KOPFGELDJÄGER BOBA FETT UND JABBAS MANNSCHAFT ZUM GEGENANGRIFF ÜBER!
NACHDEM BOBA FETT MIT SEINEM RAKETENANTRIEB ZU DEM SKIFF DER GEFANGENEN GEFLOGEN IST, VERLIERT ER SEINEN BLASTER DURCH DAS LICHTSCHWERT DES JUNGEN JEDI!

VERBISSEN BEKÄMPFEN SICH LUKE UND FETT...
... ALS FETT BEINAHE VON EINEM VERIRRTEN SCHUSS GETROFFEN WIRD.
WÄHREND LUKE AUF DAS ANDERE SCHIFF SPRINGT, UM DORT WEITERZUKÄMPFEN, ÜBERSIEHT ER, DASS BOBA FETT AUF IHN ZIELT...
... WÄHREND FETT WIEDERUM ENTGEHT, WIE HAN BLIND UM SICH SCHLÄGT...
Boba Fett?! Wo?
EEYAAAAAAHHHHHH
... BIS HAN VERSEHENTLICH FETTS RAKETENANTRIEB AKTIVIERT!

FETT KRACHT GEGEN JABBAS SEGELGLEITER...
UNNH!!
... UND FÄLLT IN DAS MAUL DES SARLACCS.
IN JABBAS SEGELGLEITER BENUTZT LEIA IHRE KETTE UND ALL IHRE KRAFT UM DEN BÖSEN TYRANNEN ZU ERWÜRGEN!
KAAKK! KHHK! HhHHkkKKk!
AUF DAS DECK RENNEND, FINDET SIE LUKE MITTEN IM KAMPF VOR...
An die Kanone, Leia!
Richte sie aufs Hinterdeck!

PLÖTZLICH WIRD SEINE MECHANISCHE HAND VON EINEM SCHUSS GETROFFEN.
YAHH!
ALS CE-DREIPEO UND ERZWO-DEZWO VON DEM GLEITER SPRINGEN...
ERZWO, WO WOLLEN WIR EIGENTLICH HIN? ICH KANN UNMÖGLICH ÜBER BORD SPRINGEN...
OHHH!
... FEUERT LUKE MIT DER KANONE AUF DAS DECK VON JABBAS SEGELGLEITER UND SCHWINGT MIT LEIA IN SICHERHEIT.
Also los. Und vergesst die Droiden nicht.
Nichts wie weg hier!

WÄHRENDDESSEN LANDET DIE FÄHRE DES IMPERATORS AUF DEM NOCH NICHT VOLLENDETEN TODESSTERN.
Der Bau des neuen Todessterns wird wie geplant abgeschlossen.
Ihr habt viel erreicht, Lord Vader. Doch fühle ich, Ihr möchtet Eure Suche fortsetzen, Eure Suche nach dem jungen Skywalker.
Ja, mein Imperator.
Irgendwann wird er von ganz allein zu Euch kommen und wenn das geschieht, müsst Ihr ihn sofort zu mir bringen.
AUF DEM SUMPFPLANETEN DAGOBAH...
Sterben, Yoda, das darfst du nicht! Ich bin gekommen, um meine Ausbildung abzuschließen.
Abenddämmerung umfängt mich. Ja, und bald kommt die Nacht. So ist nun mal der Lauf der Macht. Wissen tust du schon alles, was nötig ist.
Nur eins noch übrig ist: Stellen musst du dich bald Vader, ja.
Dann, nur dann, ein Jedi wirst du sein.
Sag mir, Yoda... ist Darth Vader mein Vater?
Yoda, ich muss es wissen.

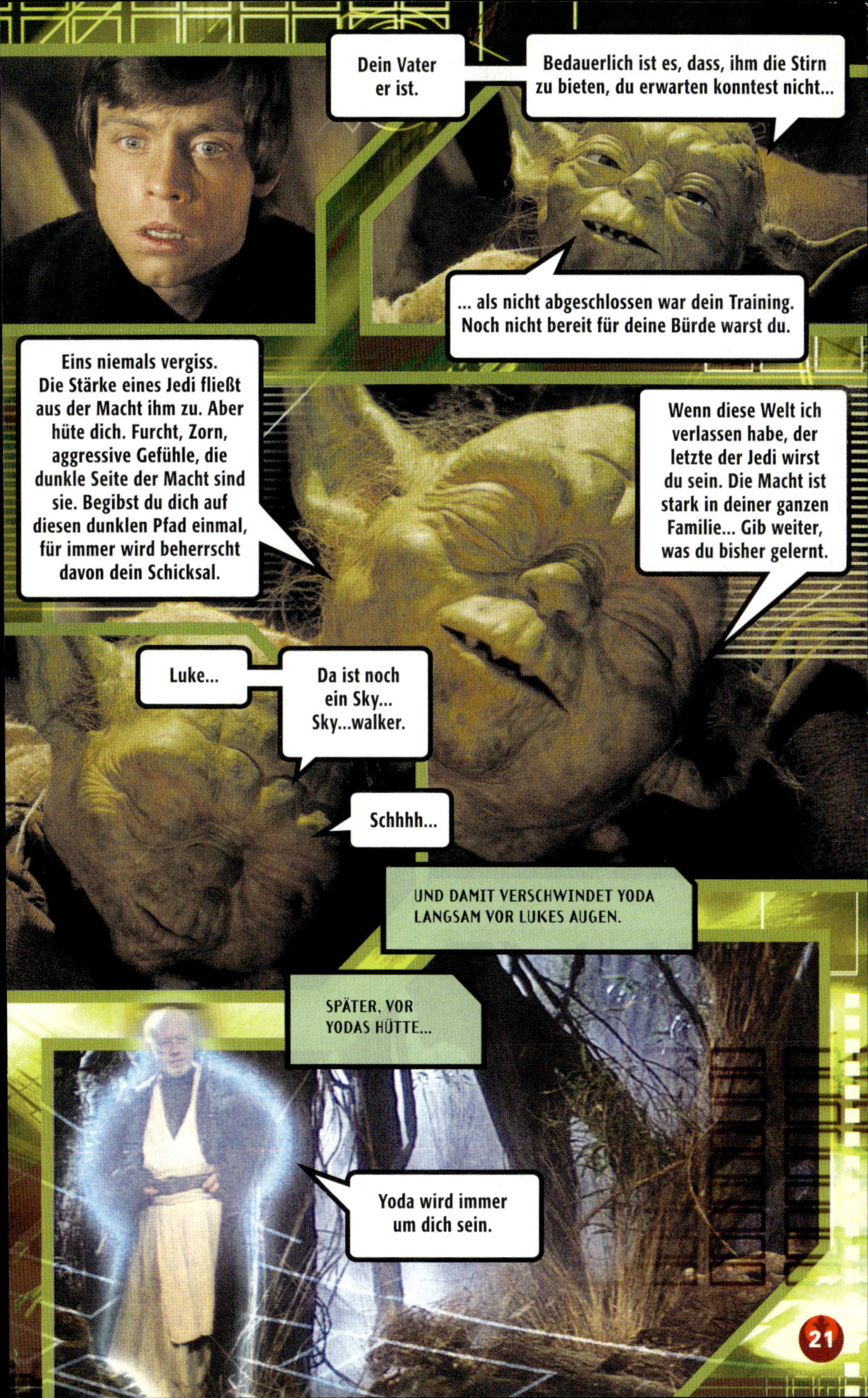
Dein Vater er ist.
Bedauerlich ist es, dass, ihm die Stirn zu bieten, du erwarten konntest nicht...
... als nicht abgeschlossen war dein Training. Noch nicht bereit für deine Bürde warst du.
Eins niemals vergiss. Die Stärke eines Jedi fließt aus der Macht ihm zu. Aber hüte dich. Furcht, Zorn, aggressive Gefühle, die dunkle Seite der Macht sind sie. Begibst du dich auf diesen dunklen Pfad einmal, für immer wird beherrscht davon dein Schicksal.
Wenn diese Welt ich verlassen habe, der letzte der Jedi wirst du sein. Die Macht ist stark in deiner ganzen Familie... Gib weiter, was du bisher gelernt.
Luke...
Da ist noch ein Sky... Sky...walker.
Schhhh...
UND DAMIT VERSCHWINDET YODA LANGSAM VOR LUKES AUGEN.
SPÄTER, VOR YODAS HÜTTE...
Yoda wird immer um dich sein.

Du hast mir damals gesagt, Vader hätte meinen Vater verraten und ermordet.
Dein Vater wurde von der dunklen Seite der Macht verführt. Er war nun nicht mehr Anakin Skywalker, er wurde Darth Vader. Als das geschah, war der gute Mann, der dein Vater einst war, vernichtet.
Ich dachte, ich könnte ihn ebenso gut unterweisen wie Yoda. Das war ein Irrtum...
Er ist eine Maschine und kein Mensch mehr. Eine diabolische Maschine. Und es ist dein Schicksal, dich ihm noch einmal zu stellen.
Ich kann es nicht tun, Ben. Ich kann doch nicht meinen Vater töten.
Dann hat der Imperator schon gewonnen. Du warst unsere einzige Hoffnung.
Aber Yoda sagt, es gäbe da noch jemand anderes.
Du und deine Zwillingsschwester, ihr wurdet gleich nach der Geburt vor eurem Vater versteckt. Der Imperator wusste, sollte Anakin Nachkommen haben, würden sie einst eine Gefahr für ihn sein. Und deshalb ist die Existenz deiner Schwester bisher geheim gehalten worden.
Leia! Leia ist meine Schwester.
Deine Intuition spricht für dich. Doch verbirg deine Gefühle, Luke. Der Imperator könnte sich deine Empfindungen zu Nutze machen.

SPÄTER AM SAMMELPUNKT DER REBELLEN...
Wir müssen angreifen.
Unsere Bothan Spione haben die genaue Position der neuen Kampfstation des Imperators entdeckt.
Da die imperiale Flotte in der ganzen Galaxis verstreut ist und vergeblich versucht, uns in Kämpfe zu verwickeln, ist der Todesstern relativ schutzlos.
Aber das Wichtigste ist Folgendes: Wir wissen, der Imperator beaufsichtigt persönlich die Fertigstellung seines Todessterns.
ADMIRAL ACKBAR AKTIVIERT DEN HOLOPROJEKTOR UND ÜBERNIMMT DAS WORT...
Wie wir sehen, umkreist der Todesstern den Waldmond Endor. Obwohl die Waffensysteme dieses Todessterns noch nicht einsatzbereit sind, verfügt er dennoch über einen wirksamen Verteidigungsmechanismus.

Er wird von einem Energieschild geschützt, welcher vom nahen Waldmond aus aktiviert wird.
Ist der Schutzschild einmal deaktiviert, werden Kampfmaschinen in die Kernstruktur eindringen, um den Hauptreaktor außer Kraft zu setzen. General Calrissian hat freiwillig das Kommando für diesen Einsatz übernommen.
GENERAL MADINE ERKLÄRT DEN REST DES ANGRIFFPLANS...
Wir haben eine kleine imperiale Raumfähre gekapert. Als Frachter getarnt und einen imperialen Geheimcode benutzend, landet als erstes ein Stoßtrupp von uns auf Endor und deaktiviert den Schutzschildgenerator.
General Solo, ist Ihr Stoßtrupp einsatzbereit?
KURZ DARAUF BEREITET SICH DAS FREIWILLIGE TEAM AN BORD DER GESTOHLENEN IMPERIALEN FÄHRE AUF DEN EINSATZ VOR.
Alles startklar an Bord?
Jetzt wollen wir mal sehen, was diese Schrottmühle drauf hat.

KURZE ZEIT SPÄTER NÄHERT SICH DIE FÄHRE DEM WALDMOND VON ENDOR...
Raumfähre Tydirium, erbitten Deaktivierung des Deflektorschildes.
Vader ist auf dem Schiff.
Ich bringe uns alle in Gefahr. Ich hätte nicht mitkommen sollen.
Das bildest du dir alles nur ein, Junge.
AUF DER BRÜCKE DES SUPERSTERNENZERSTÖRERS EXECUTOR...
Ist der Code dieser Raumfähre in Ordnung?
Es ist ein älterer Code, Sir, aber er ist in Ordnung. Soll ich sie aufhalten?
Nein, überlassen Sie sie mir. Ich werde mich ihrer persönlich annehmen.
Raumfähre Tydirium, wir beginnen jetzt mit der Deaktivierung des Schutzschildes. Behalten Sie Ihren Kurs bei.
Na also, hab euch ja gesagt, es wird funktionieren.

DAS REBELLEN-EINSATZTEAM LANDET AUF EINER LICHTUNG UND SCHLÄGT SICH DURCH DEN DICHTEN WALD...
... ALS SIE AUCH SCHON PATROUILLIERENDE IMPERIALE SCOUTS AUSMACHEN.
Chewie und ich erledigen das. Wartet ihr hier.
ABER HAN UND CHEWIE WERDEN SCHNELL ENTDECKT, WAS IN EINEM EXPLOSIVEN KAMPF ENDET...
... UND NOCH MEHR UNGEWOLLTE AUFMERKSAMKEIT ERREGT!

LUKE UND LEIA SPRINGEN AUF EIN GEPARKTES SPEEDER BIKE...
Fahr direkt neben ihn!
LUKE HECHTET AUF DAS SPEEDER BIKE DES SOLDATEN.
DAS GIBT DEN SCOUTS HINTER DEN BEIDEN REBELLEN JEDOCH NUR NOCH EIN ZIEL MEHR!
Du übernimmst den...

Ich erledige die beiden!
INDEM ER DIE STEUERKLAPPEN IN DEN BREMSMODUS STELLT, MANÖVRIERT LUKE SICH HINTER DIE ZWEI SCOUTS...
... UND FEUERT TREFFSICHER EINE SALVE ZURÜCK!
WEITER VORNE SETZT LEIA IHRE VERFOLGUNG MIT VOLLGAS FORT.

DER SCOUT NUTZT SEINE HANDFEUERWAFFE, UM LEIA VON IHREM SPEEDER ZU BEFÖRDERN...
... DOCH DIE ABLENKUNG HAT WEIT SCHLIMMERE FOLGEN FÜR IHN SELBST!
DIE EXPLOSION, DIE IHR GEGNER VERURSACHT HAT...
... IST DAS LETZTE, WAS LEIA SIEHT, BEVOR SIE OHNMÄCHTIG WIRD.

LUKE WIRD VON SEINEM GEGNER GEZWUNGEN, VON SEINEM SPEEDER ABZUSPRINGEN, UM EINEN CRASH ZU VERMEIDEN.
DER SCOUT WENDET, UM LUKE ZU TÖTEN...
... DOCH DER JUNGE JEDI WEHRT DIE SCHÜSSE MIT SEINEM LASERSCHWERT AB...
... UND SCHNEIDET MIT GLEICHER LEICHTIGKEIT DIE STEUERKLAPPEN DES SPEEDERS AB!
Puh!

KURZ DARAUF ERWACHT LEIA UND FINDET EINEN NEUGIERIGEN EINGEBORENEN ENDORS VOR...
Jetzt sitze ich hier erst mal fest. Und ich hab nicht die geringste Ahnung, wo ich bin.
Yug yug. Rrrrr...
Vielleicht kannst du mir helfen. Möchtest du was essen?
Ooooh...
ALS PLÖTZLICH...
Keine falsche Bewegung!
BEVOR DER SCOUT LEIA GEFANGEN NEHMEN KANN...
Rrrahh!
... GREIFT LEIAS KLEINER VERBÜNDETER VON UNTEN AN!
LEIA BEENDET DEN ZWISCHENFALL.
Na, komm schon. Besser wir verschwinden hier.
Yub yub! Loo cha nagoo!

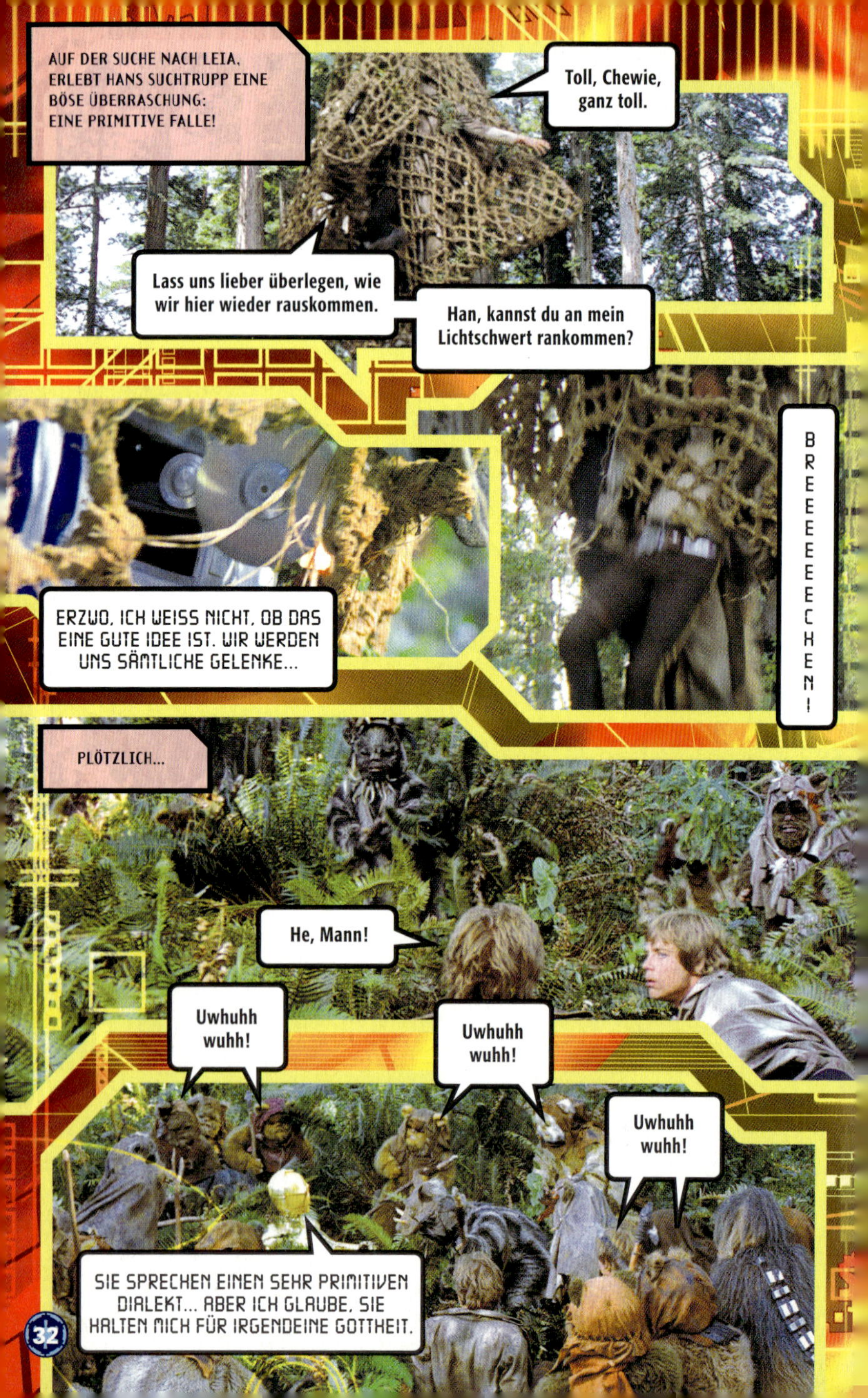
AUF DER SUCHE NACH LEIA, ERLEBT HANS SUCHTRUPP EINE BÖSE ÜBERRASCHUNG: EINE PRIMITIVE FALLE!
Toll, Chewie, ganz toll.
Lass uns lieber überlegen, wie wir hier wieder rauskommen.
Han, kannst du an mein Lichtschwert rankommen?
ERZWO, ICH WEISS NICHT, OB DAS EINE GUTE IDEE IST. WIR WERDEN UNS SÄMTLICHE GELENKE...
BREEEEEECHEN!
PLÖTZLICH...
He, Mann!
Uwhuhh wuhh!
Uwhuhh wuhh!
Uwhuhh wuhh!
SIE SPRECHEN EINEN SEHR PRIMITIVEN DIALEKT... ABER ICH GLAUBE, SIE HALTEN MICH FÜR IRGENDEINE GOTTHEIT.

IM BAUMDORF DER EWOKS...
... TREFFEN DIE REBELLEN WIEDER AUF LEIA UND CE-DREIPEO ERZÄHLT DIE GESCHICHTE DES GALAKTISCHEN BÜRGERKRIEGS.
NACH EINER KURZEN UNTERREDUNG DER EWOK-ANFÜHRER...
WIE WUNDERBAR. SIE HABEN UNS IN IHREN STAMM AUFGENOMMEN. MORGEN WERDEN SIE UNS DEN SCHNELLSTEN WEG ZUM SCHUTZSCHILDGENERATOR ZEIGEN.
VOR DER HÜTTE...
Luke, sag's mir. Was beschäftigt dich?
Vader ist hier... er ist auf diesem Mond. Auch er kann meine Nähe fühlen.
Ich muss mich ihm stellen.

Aber weshalb?
Er ist mein Vater.
Dein Vater?
Komme ich nicht zurück, bist du die einzige Hoffnung für die Allianz.
Luke, du darfst so etwas nicht sagen. Die Macht, die du besitzt, werde ich nie haben können.
Du irrst dich, Leia. Auch du besitzt diese Macht. Die Macht ist stark in meiner Familie. Mein Vater hat sie... ich habe sie... und meine... Schwester hat sie auch.
Ja, du bist meine Schwester, Leia.
Ja, ich weiß. Irgendwie habe ich es immer gewusst.
Dann weißt du auch, dass ich zu ihm gehen muss.
Nein, Luke, versuche zu fliehen. Lauf so weit du kannst.
Wenn er wirklich deine Nähe spüren kann, dann musst du dich ihm entziehen.

Ich wünschte, ich könnte mit dir gehen.
Nein, Leia, du warst doch bisher immer so stark.
Aber warum willst du das auf dich nehmen?
Weil ich fühle, dass das Gute in ihm noch nicht erloschen ist.
Er wird mich nicht dem Imperator übergeben. Ich kann ihn zur guten Seite der Macht bekehren...
... und ihn retten. Ich muss es versuchen.
ALS LUKE GEHT...
He, was ist hier eigentlich los?
Ich...ich kann es dir nicht sagen.
Aber Luke hast du es erzählt, das hast du doch?
Ich...
Tut mir Leid, Leia.
Halt mich fest.

LUKE WIRD GEFANGEN UND ZU DARTH VADER GEBRACHT...
Der Imperator hat dich bereits erwartet.
Ich weiß, Vater.
Du hast die Wahrheit also endlich akzeptiert?
Ich habe es akzeptiert, dass du einmal Anakin Skywalker warst, mein Vater.
Dieser Name ist inzwischen bedeutungslos für mich.
Das ist der Name deines wahren Selbst. Du hast es nur vergessen. Ich weiß, es ist noch viel Gutes in dir. Deshalb konntest du mich nicht vernichten. Und deshalb wirst du mich auch nicht zum Imperator bringen.
Obi-Wan hat einst genau so gedacht wie du. Du weißt nicht, wie stark die dunkle Seite der Macht sein kann.
Mich bekehrst du nicht... Du wirst mich töten müssen.
Falls das dein Schicksal ist...
Ich fühle deinen Konflikt, Vater. Befreie dich vom Hass.
Für mich ist es dafür jetzt zu spät, mein Sohn. Der Imperator ist jetzt dein Herr und Meister.
Dann ist mein Vater also wirklich tot.

IRGENDWO IM ALL VERSAMMELT SICH DIE FLOTTE DER REBELLEN FÜR DEN ANGRIFF...
Admiral, wir sind in Position.
Alle Maschinen einsatzbereit.
Alle Einheiten, umschalten auf Lichtgeschwindigkeit.
Brauchst dir keine Sorgen zu machen. Die haben den Schutzschild rechtzeitig deaktiviert. Oder das wird die kürzeste Offensive aller Zeiten.
DIE VEREINTE MACHT DER REBELLENALLIANZ SPRINGT IN DEN HYPERRAUM UND STÜRZT SICH DEM TODESSTERN ENTGEGEN...

... WO DER JUNGE JEDI VOR DEN IMPERATOR GEFÜHRT WIRD.
Willkommen, junger Skywalker. Ich freue mich schon darauf, deine Ausbildung abzuschließen.
Sein Lichtschwert.
Ah, die Waffe eines Jedi-Ritters. Dem Schwert deines Vaters sehr ähnlich.
Dir müsste aber klar sein, dass dein Vater niemals der dunklen Seite der Macht entsagen wird. So wie es dir einst geht.
Ihr irrt euch sehr. Ich sterbe bald... und ihr mit mir.
Du spielst wahrscheinlich auf den bevorstehenden Angriff der Rebellenflotte an. Deine Freunde werden in eine Falle geraten. Ich war es, der es zugelassen hat, dass die Allianz den Standort des Schutzschildgenerators erfährt.
Er ist absolut sicher vor eurer erbärmlichen kleinen Bande. Eine ganze Legion meiner besten Truppen steht zu ihrem Empfang bereit.
Oh, deshalb fürchte ich, der Deflektorschild wird absolut einsatzbereit und aktiviert sein, wenn deine Freunde hier ankommen.

INZWISCHEN ÜBERNEHMEN DIE REBELLEN DIE KONTROLLE DES BUNKERS, IN DEM SICH DER SCHUTZSCHILDGENERATOR BEFINDET...
Han, wir müssen uns beeilen. Die Flotte kann jeden Moment eintreffen.
Der Sprengstoff! Gib her. Nun mach schon!
ABER DANN...
Keine Bewegung! Das reicht, ihr dreckigen Rebellen.
VERSTECKT IM WALD WERDEN CE-DREIPEO, ERZWO-DEZWO UND EIN EWOK ZEUGE, WIE EINE ÜBERMACHT IMPERIALER TRUPPEN DEN BUNKER ZURÜCKEROBERT!
OH JE, DIE WERDEN IN GEFANGENSCHAFT GERATEN!
Eee jomama! Hata hata!
WARTET, SO WARTET DOCH! KOMMT ZURÜCK!

NICHT WEIT VON ENDOR KOMMT DIE REBELLENFLOTTE AUS DEM HYPERRAUM...
Alle Maschinen einsatzbereit?
Rot Eins einsatzbereit.
Grau Eins einsatzbereit.
Grün Eins einsatzbereit.
Möge die Macht mit uns sein.

IM COCKPIT DES MILLENNIUM FALCON MACHT LANDO EINE SCHRECKLICHE ENTDECKUNG...
Angriffsmanöver abbrechen! Schutzschild ist noch aktiviert.
Wir drehen ab! An alle Maschinen: Sofort abdrehen!
Ausweichmanöver einleiten!
Admiral, wir haben in Sektor 47 feindliche Schiffe gesichtet!
Das ist eine Falle!

Jagdmaschinen im Anflug!
Schaltet auf Gefechtsgeschwindigkeit!
Ihr müsst sie von den Kreuzern ablenken.
GENAU IN DIESEM AUGENBLICK IM TODESSTERN...
Komm, mein Junge. Sieh es dir selbst an.
Jetzt wirst du zum Zeugen des unwiderruflichen Untergangs der Allianz und des Endes eurer törichten, infantilen Rebellion.
Dein Schwert, das möchtest du jetzt sicher gerne haben. Nimm deine Jedi-Waffe. Streck mich damit nieder. Ergib dich ganz deinem Hass.
Nein!
So ist es dir bestimmt. Es ist dein Schicksal.
Auch du, genau wie dein Vater, gehörst jetzt mir!

TIEF UNTEN, AUF DER OBERFLÄCHE DES WALDMONDES...
Bewegt euch!
HALLO, DA DRÜBEN!
SUCHEN SIE VIELLEICHT NACH MIR?
Bringt mir sofort den Droiden hier runter!
Keine Bewegung!
WIR ERGEBEN UNS.
PLÖTZLICH...
AIIEEE YAHHH!

... SIND DIE STURMTRUPPEN SELBST UMZINGELT...
... UND IM GANZEN WALD BRICHT DAS CHAOS AUS!

HAN UND LEIA SCHNAPPEN SICH DIE WAFFEN IHRER GEGNER...
... UND KÄMPFEN SICH TAPFER ZURÜCK ZU DEN TOREN DES BUNKERS.
Der Code ist geändert worden!
Erzwo, wo steckst du? Wir brauchen dich sofort hier am Bunker!

IM ALL...
Drei Feindmaschinen im Anflug, zwanzig Grad!
Vorsicht, Wedge!
Da sind drei Maschinen über dir!

Nur die Jagdmaschinen greifen uns an.
Ich frag mich, worauf die Sternenzerstörer warten.
Greifen wir denn nicht sofort an?
Ich habe meine Befehle vom Imperator persönlich. Er hat etwas Besonderes mit denen vor.
Wir sollen nur dafür sorgen, dass niemand entkommt.
Wie du siehst, mein junger Lehrling, haben deine Freunde versagt.
Jetzt überzeuge dich von der absoluten Überlegenheit dieser voll einsatzbereiten und bewaffneten Kampfstation.
Feuer freigegeben, Commander.

Die Laserbündel wurden vom Todesstern abgefeuert.
Er ist also doch einsatzbereit.

Rufe Basis Eins, hier ist Gold Eins.
Wir haben es gesehen. Alle zum Rückzug formieren.
Wir kriegen nicht noch mal die Chance für so einen Angriff.
Wir haben keine andere Wahl, General Calrissian. Unsere Kreuzer sind gegen eine Feuerkraft dieser Größenordnung machtlos.
Han wird es mit dem Generator schon schaffen. Wir müssen ihm nur mehr Zeit geben!

WIR KOMMEN SCHON!
Komm schon! Komm schon!
ABER BEVOR DER KLEINE DROID DAS TOR ÖFFNEN KANN...
YIIIEEEE!
... WIRD ER VON EINEM SCHUSS GETROFFEN.
UOUUH OOOO...
Mal sehen, ich glaub, ich könnte das Ding einfach kurzschließen.

IM WALD UM DEN SCHILDGENERATOR RICHTEN IMPERIALE LÄUFER VERHEERENDEN SCHADEN AN.
Yug Yug!
Aaaah!

Ja! Ganz richtig! Fliegt so dicht wie möglich ran...
... und verwickelt die Sternenzerstörer in Nahkämpfe!
So werden wir länger überleben, als gegen den Todesstern...
... und so werden 'n paar von denen auch dran glauben müssen!

Die Kiste explodiert gleich!
Ich bin getroffen!

Eure Flotte hat die Schlacht verloren. Es gibt kein Entkommen, mein junger Jedi.
Die Allianz wird untergehen... Und mit ihr deine Freunde.
Ich fühle deinen Zorn.
Ich bin unbewaffnet. Nimm deine Waffe!
Strecke mich nieder mit all deinem Hass...
... und du hast deinen langen Weg zur dunklen Seite der Macht damit beendet!

HA HA HA HA!

AUF DEM WALDMOND...
RRRAAHW!
CHEWBACCA UND ZWEI EWOKS BRINGEN EINEN KAMPFLÄUFER IN IHRE GEWALT...
... UND SCHLAGEN ZURÜCK!

IM GANZEN WALD NUTZEN DIE WAFFENTECHNISCH UNTERLEGENEN EWOKS IHRE UMGEBUNG, IHRE PRIMITIVE TECHNOLOGIE UND IHRE ANGEBORENE GERISSENHEIT...
Whuu--?!
... UM IHRE GEGNER ZU ÜBERLISTEN.
YAAAAA AAH!

Ich glaube, ich hab's gleich.
ZURÜCK BEIM BUNKER DES SCHILDGENERATORS...
Jetzt hab ich's!
ALS DIE VERBINDUNG HERGESTELLT WIRD, SCHLIESST SICH EINE ZWEITE SICHERHEITSTÜR VOR DER ERSTEN.

UAAAAH!!
Lass mich mal sehen.
Ist halb so wild.
Keine Bewegung! Ganz ruhig!
WÄHREND HAN DEN STURMTRUPPEN DIE SICHT VERSPERRT, KANN ER MIT LEICHTIGKEIT DEN INHALT VON LEIAS HAND AUSMACHEN.

Ich liebe dich.
Ja, ich weiß.

?!
RRRRAAAUU!
Chewie!
Komm sofort hier runter. Leia ist verwundet. Nein, warte!
Ich hab 'ne gute Idee.

AUF DEM TODESSTERN FINDET EIN WILDER LICHTSCHWERTKAMPF ZWISCHEN VATER UND SOHN STATT.
ABER DIESES MAL TREIBT LUKE DEN LORD DER SITH IN DIE ENGE.
AHRRR!

Sehr gut. Lass deinen Aggressionen freien Lauf!
Lass dich vom Hass übermannen.
LUKE BEKOMMT SEINE GEFÜHLE IN DEN GRIFF UND SCHALTET SEIN LICHTSCHWERT AUS...
Obi-Wan hat dich viel gelehrt.
Ich kämpfe nicht mit dir, Vater.
Es ist sehr unklug von dir, dass du dich nicht zur Wehr setzt!

DER JUNGE JEDI MACHT EINEN UNMÖGLICHEN RÜCKWÄRTSSALTO IN SICHERHEIT AUF EINE NAHEGELEGENE BRÜCKE UND SCHALTET SEINE WAFFE ERNEUT AUS...
Deine Gedanken verraten dich, Vater.
Ich fühle das Gute in dir und deinen Konflikt.
Es gibt keinen Konflikt.

Du hast es bisher nicht über dich gebracht, mich zu töten und du wirst mich auch jetzt nicht vernichten.
Du unterschätzt die dunkle Seite der Macht.
Wenn du nicht kämpfen willst...
... ist dein Schicksal besiegelt.
VADER WIRFT SEIN LICHTSCHWERT...

... DAS DIE HALTERUNG DER BRÜCKE DURCHTRENNT...
... BEVOR ES IN SEINE HAND ZURÜCKKEHRT.
Ha ha ha! Gut! Sehr gut!

DRAUSSEN IM WELTALL...
Han, alter Kumpel...
... jetzt enttäusch mich nicht!
WÄHRENDDESSEN AUF DEM WALDMOND...
Wir haben's geschafft, Commander.
IM INNEREN DES BUNKERS...
Die Rebellen haben sich fluchtartig in die Wälder zurückgezogen. Wir brauchen Verstärkung, um die Verfolgung aufnehmen zu können.
Fordern Sie sofort Einheiten zur Verstärkung an. Hinteren Bunkereingang öffnen.

Woo woo woo woo woo!
!!
KURZ DARAUF...
Wirf mir noch 'ne Ladung rüber.

Du kannst dich nicht ewig verstecken.
Ich kämpfe nicht mit dir.
Ergib dich der dunklen Seite der Macht. Nur so kannst du deine Freunde retten.
Deine Gedanken verraten dich. Deine Gefühle für deine Freunde sind sehr stark. Besonders für deine...
... Schwester! Du hast also eine Zwillingsschwester. Mit deinen Gefühlen hast du auch sie nun verraten. Es war klug von Obi-Wan, sie vor mir zu verbergen. Doch bei allem, was er anstrebte, hat er nun eine endgültige Niederlage erlitten.
Solltest du dich nicht zur dunklen Seite der Macht bekehren lassen, dann gelingt uns das vielleicht mit ihr.

Nein!

ARRRHH!
Hnh...hnh...hnh...

Sehr gut! Dein Hass hat dich mächtig gemacht.
Und jetzt erfülle dein Schicksal. Nimm deines Vaters Platz an meiner Seite ein!

Niemals.
Ich werde nie zur dunklen Seite gehören. Ihr habt versagt, Hoheit.
Ich bin ein Jedi, genau wie mein Vater vor mir.
Ganz wie du willst, Jedi.

INZWISCHEN...
Nichts wie weg hier! Weg!
Reflektorschild deaktiviert. Hauptreaktor des Todessterns angreifen.
Wir drehen schon bei. Achtung Einheiten Rot und Gold. An alle Maschinen, folgt mir.
Ha ha! Siehst du, Han hat's geschafft.

Wenn du dich nicht bekehren lässt...
... werde ich dich vernichten.
AAGH!
GAHHH!
Du junger Narr... erst jetzt, da dein Ende naht, hast du die Dinge erkannt.
Mit deinem armseligen Können bist du weder mir noch der dunklen Seite der Macht gewachsen!

Vater, bitte...
... hilf mir!
Jetzt, junger Skywalker...
... wirst du sterben.

OHNE JEDE WARNUNG SCHNAPPT SICH VADER DEN IMPERATOR VON HINTEN...
?!
OBWOHL DER IMPERATOR MIT HILFE DER MACHT ENERGIEBLITZE AUF VADER SCHLEUDERT...
... HAT VADER TROTZ ALLEM GENUG KRAFT DEN IMPERATOR IN DEN REAKTORSCHACHT ZU WERFEN.
AAAAAAAH!

AUSSERHALB...
Ich flieg jetzt rein.
Zielgeräte auf stärkste Energiequelle schalten. Dort müsste sich der Hauptreaktor befinden.
DIE REBELLENJÄGER UND DER FALKE FLIEGEN IN DEN TODESSTERN.

Seid vorsichtig, wir haben nicht viel Platz zum Manövrieren.
Ein paar von euch sollten zur Oberfläche zurückfliegen.
Vielleicht könnt ihr einige der Jagdmaschinen rauslocken.
WEIL DER FALCON EINEM HERABHÄNGENDEN OBJEKT NICHT AUSWEICHEN KANN, WIRD IHM DIE RADARSCHÜSSEL ABGERISSEN.
KRUNKK!
Wäre fast schiefgegangen.
AUSSERHALB DES TODESSTERNS...
Wir müssen den Kampfmaschinen mehr Zeit verschaffen.

Sir, wir haben unseren Brückendeflektorschild verloren.
Konzentriert das Feuer auf diesen Supersternenzerstörer.
Verstärken Sie sofort die Frontalbatterien!
Zu spät!
BEVOR IRGENDWELCHE HILFSSYSTEME DIE ZERSTÖRTE BRÜCKE DER EXECUTOR ÜBERNEHMEN KÖNNEN...
... WIRD DER GIGANTISCHE STERNENZERSTÖRER DURCH DIE ANZIEHUNGSKRAFT DES TODESSTERNS IN SEIN VERDERBEN GEZOGEN.

IN EINER RAMPE DES ANGESCHLAGENEN TODESSTERNS, ERSCHÜTTERT DURCH EXPLOSIONEN...
... ZIEHT LUKE DEN TÖDLICH VERLETZTEN VADER ZU EINER FÄHRE.
Luke... hilf mir... diese Maske abzunehmen.
Das wäre dein Tod.
Nichts... kann mich jetzt noch davor bewahren.
Nur ein einziges Mal... möchte ich dich... mit meinen eigenen Augen sehen.

Jetzt... geh, mein Sohn. Verlass mich.
Nein, du kommst mit mir. Ich lasse dich nicht hier. Ich werde dich retten, Vater.
Das hast du... schon getan, Luke.
Du hast dich nicht in mir geirrt. Sag deiner Schwester...
... dass du Recht hattest...

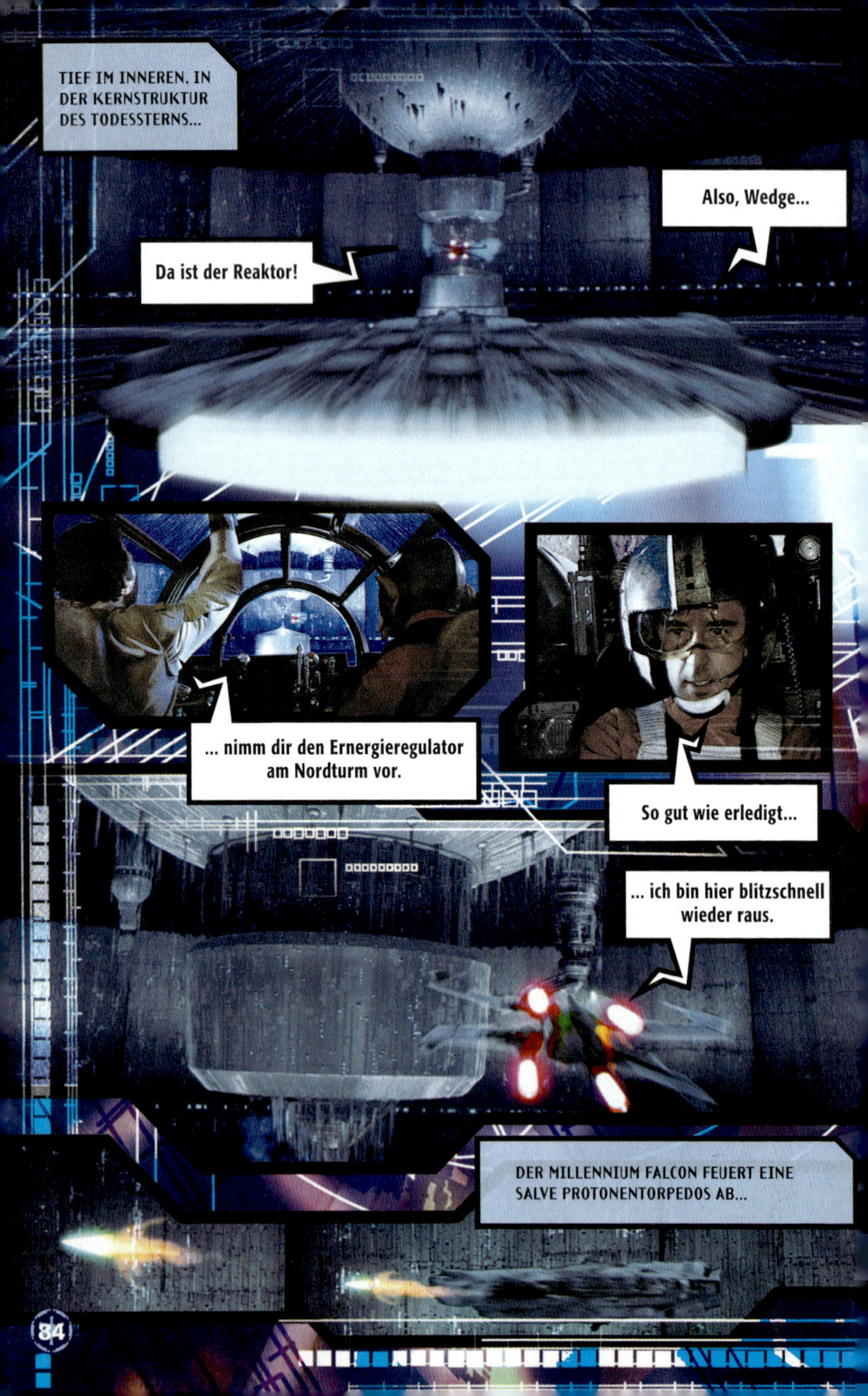
TIEF IM INNEREN, IN DER KERNSTRUKTUR DES TODESSTERNS...
Da ist der Reaktor!
Also, Wedge...
... nimm dir den Ernergieregulator am Nordturm vor.
So gut wie erledigt...
... ich bin hier blitzschnell wieder raus.
DER MILLENNIUM FALCON FEUERT EINE SALVE PROTONENTORPEDOS AB...

... UND ZERSTÖRT SO WICHTIGE TEILE DES REAKTORS DES TODESSTERNS!
MISSION BEENDET. DER MILLENNIUM FALCON FOLGT WEDGES X-FLÜGLER AN DIE OBERFLÄCHE...

... WÄHREND LUKE EINE IMPERIALE FÄHRE STIEHLT...
... UND DIE REBELLENFLOTTE SICH IN SICHERER ENTFERNUNG SAMMELT.

AUF DEM NAHEGELEGENEN PLANETEN...
Luke war sicher nicht mehr da, als das Ding explodiert ist.
Er war es nicht. Ich fühle es.
Du liebst ihn, nicht wahr?
Aber ja.
Okay. Ist schon klar. Fein. Wenn er wiederkommt dann werde ich euch nicht mehr im Weg stehen.
Oh. Nein, es ist nicht so, wie du denkst. Er ist mein Bruder.

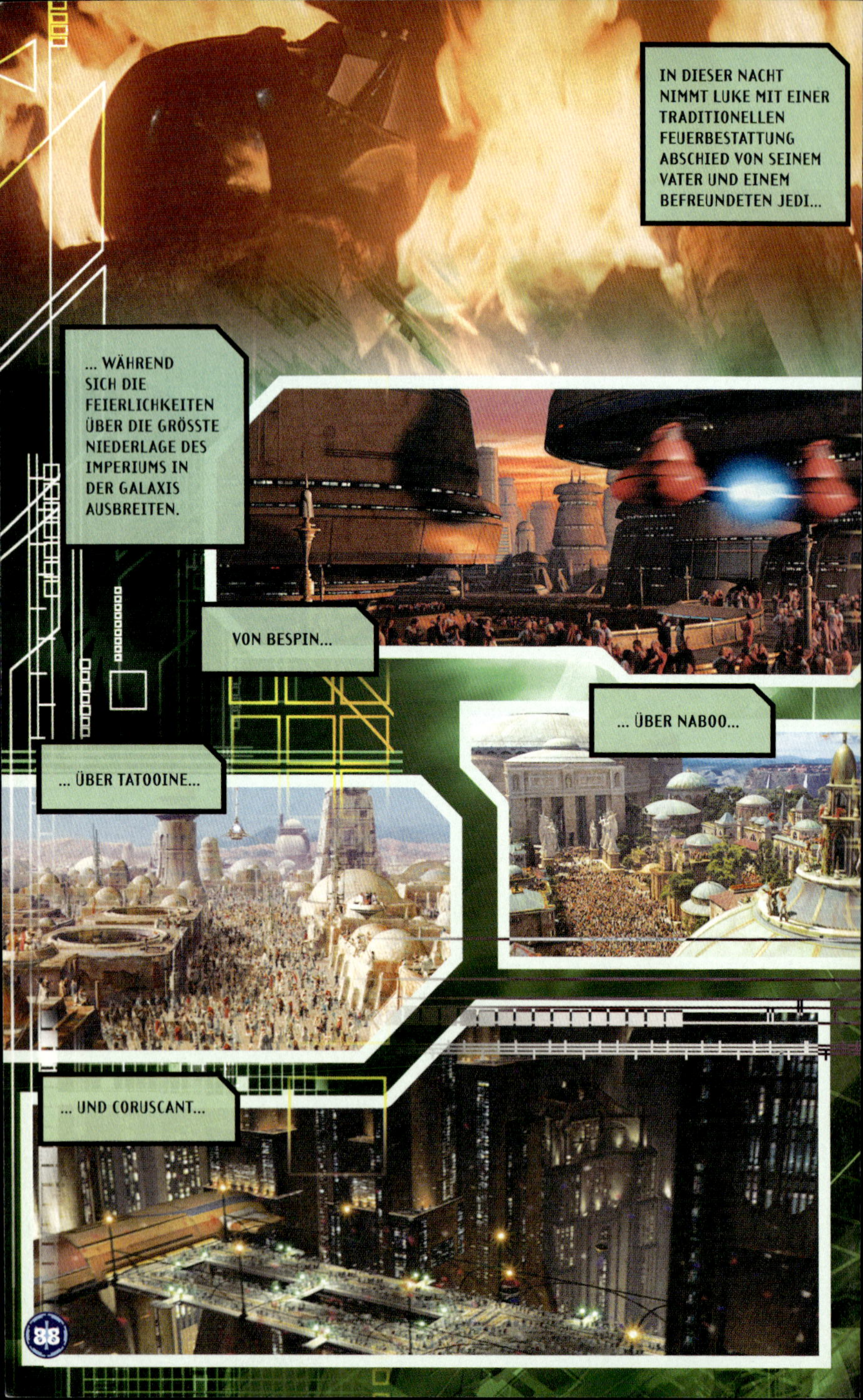
IN DIESER NACHT NIMMT LUKE MIT EINER TRADITIONELLEN FEUERBESTATTUNG ABSCHIED VON SEINEM VATER UND EINEM BEFREUNDETEN JEDI...
... WÄHREND SICH DIE FEIERLICHKEITEN ÜBER DIE GRÖSSTE NIEDERLAGE DES IMPERIUMS IN DER GALAXIS AUSBREITEN.
VON BESPIN...
... ÜBER NABOO...
... ÜBER TATOOINE...
... UND CORUSCANT...

... BIS HIN ZU DEM WALDMOND ENDORS NATÜRLICH...
... TEILEN FAMILIEN...
... FREUNDE...
... LIEBENDE...
... UND VERBÜNDETE...
... ALLE EINE NEUE HOFFNUNG AUF EINE STRAHLENDE, PRÄCHTIGE ZUKUNFT.
ENDE

STAR WARS
TRANSPORTMITTEL

Das sanftmütige Volk der Mon Calamari brachte mehr als seine Entschlossenheit mit, um die Freiheit der Galaxis wiederherzustellen, als es sich der Rebellenallianz anschloss. Sie brachten eine Flotte mächtiger Raumschiffe, die kräftig zuschlagen können mit. Turbolaser, Ionenkanonen, Fangstrahlprojektoren und Schildgeneratoren sind auf der schnittigen Oberfläche des Schiffes verstreut. Der vielleicht wichtigste Mon Calamari Kreuzer im Galaktischen Bürgerkrieg war die Home One, die Hauptquartiersfregatte, die Admiral Ackbar als Flagschiff diente.

MON CALAMARI STERNENKREUZER

ESKORTFREGATTE

Im Gegensatz zum Imperium, das sich aus einer Galaxis voller Reserven bedienen konnte, war die Rebellion schwer in Bedrängnis, ihre Soldaten und ihre Flotte auszustatten. Die Allianz benutzte die wenigen Kreuzer, die sie hatte, rund um die Uhr und modifizierte sie, um sie Missionen, die jenseits ihres ursprünglichen Einsatzgebietes lagen, anzupassen.

A-WING STARFIGHTERS

Da er sogar schneller als der TIE Interceptor ist, bietet der A-Wing sich hervorragend für Blitzangriffe an. An jeder Flügelspitze trägt er zwei drehbare Doppellaserkanonen. Die Starfighter der Einheit Grün, die in der Schlacht von Endor flogen, bestand aus A-Wing Starfightern.

MITTLERER REBELLENTRANSPORTER

Rebellentransporter sind schlichte Schiffe. Sie sind nur wenig mehr als fliegende Frachttransporter, die mit einem Hyperantrieb ausgestattet sind. Der offene Unterbau des mittleren Rebellentransporters hat Stauraum für jede Menge Gütercontainer. Die Schiffe sind minimal bewaffnet und relativ langsam.

B-WING STARFIGHTER

Der vielleicht am merkwürdigsten aussehende Starfighter der Rebellenallianz, der B-Wing Fighter, ist genauso mächtig wie unansehnlich. Die Kanzel des B-Wings besitzt ein einzigartiges, drehbares Bewegungssystem. Der Pilot kann sie so einstellen, dass sie sich immer zu einer vorab eingegebenen horizontalen Linie ausrichtet. Egal, wie sich der B-Wing seitlich bewegt, der Pilot bleibt in der gleichen Position.

STAR WARS
TRANSPORTMITTEL

IMPERIALER STERNENZERSTÖRER

Die dreieckige Silhouette des imperialen Sternenzerstörers hat seit seinem ursprünglichen republikanischen Design einen langen Weg hinter sich. Mit ihrer enormen Größe erwecken die imperialen Sternenzerstörer ohne Frage einen Eindruck von Schrecken und Terror. Das keilförmige Schiff ist übersät mit Waffenstellungen. Turbolaser und magnetische Fangstrahlen sind auf seiner gesamten Oberfläche verstreut. Von seiner auf der Unterseite gelegenen Rampe kommen TIE Fighter, Enterschiffe, Bodenangriffseinheiten und Hyperraumsonden zum Einsatz. Außerdem wird sie genutzt, um gefangene Schiffe zu beherbergen.

Die Lambda-Klasse Raumfähre ist ein Allzweck-Transporter, der von der imperialen Sternenflotte eingesetzt wird. Im Flug werden die Tragflächen für größere Stabilität ausgebreitet. Beim Landen werden sie angelegt und verkleinern so die Schiffssilhouette. Das gut ausgerüstete Schiff hat zwei nach vorn gerichtete Zwillingslaserkanonen, zwei an die Flügel montierte Zwillingskanonen und eine nach hinten ausgerichtete Zwillingslaserkanone. Des Weiteren besitzt es einen Hyperantrieb.

IMPERIALE RAUMFÄHRE LAMBDA-KLASSE

Das TIE (Twin Ion Engine) Starfighter Arsenal wurde später um den TIE Interceptor aufgestockt. Der Interceptor besitzt ein gezacktes Paar dolchähnlicher Flügel, die ihm ein sehr schnittiges Profil verleihen, was wiederum darauf hinweist, welche Geschwindigkeit in dem Jäger steckt. Anders als der TIE Fighter hat der Interceptor vier starke Laserkanonen an den spitzen seiner Dolchflügel.

TIE INTERCEPTOR

Comic-Sonderbände, alle 2 Monate neu

Episode III Comic-Sonderband
ISBN 3-8332-1225-X, € 9,95 (D)

Comic-Heftreihe, 2-monatlich am Kiosk

Episode III Comic-Special
General Grievous #1 (von 2),
Heftformat, € 3,95 (D)

Großformatige Bildbände

The Art of Episode III
Hochwertiges Hardcover mit Schutzumschlag
ISBN 3-8332-1223-3, € 39,90 (D)
Mit den Artbooks zu Episode I und II auch im Schuber erhältlich

Diverse Jugend-Romanreihen

Episode III Jugendroman
Mit 16 Seiten Filmfoto-Strecke
ISBN 3-8332-1224-1, € 6,95 (D)

IM BUCH- UND ZEITSCHRIFTENHANDEL

STAR WARS™
Offizielle Comics & Bücher zur
größten Filmsaga aller Zeiten!
© 2005 Lucasfilm Ltd. & TM. All rights reserved.
Dino
www.dinocomics.de
www.starwars.com

STAR WARS
CLONE WARS
Die Clone Wa erschütte die Galaxi
CINE-MANG
www.TOKYOPOP.de
TM or ® & © 2005 Lucasfilm Ltd. Title and character and place names protected by all applicable trademark laws. All Rights Reserved. Used Under Authorizatio